KB070967

생무지

承谷 이태순

계간《스토리문학》시조, 시 등단.《글벗문학》수필 등단. 대구가톨릭대학교 불어불문학과 졸업. 경북 인동중학교 및 인동상업고등학교 영어교사 역임. 한국문인협회, 한국시조협회, 한국여성시조문학 감사, 한국시조문학 이사, 경기시조 전 이사, 수지문학 감사. 시집『참 괜찮은 여자』『나도 초행이야』, 영역시조집『매듭 풀기』, 시조집『천년의 미소』, 수필집『꿈은 나이가 없다』, 전자책 수필집『인생 2막 꿈은 나이가 없다』, 악보집 공저『Everything be OK!』. 자랑스러운경기문학인상(2017), 문학신문신춘문예심사위원장상(2018), 제10회 역동시조문학상 동상, 한국동시조문학상, 계간《시조문학》2023년 봄호 작가상 수상.
luckylts@hanmail.net

생무지

—

초판 1쇄 2024년 3월 5일
지은이 이태순
펴낸이 김영재
펴낸곳 책만드는집

주소 서울 마포구 양화로3길 99, 4층 (04022)
전화 3142-1585·6
팩스 336-8908
전자우편 chaekjip@naver.com
출판등록 1994년 1월 13일 제10-927호
ⓒ 이태순, 2024

* 이 도서의 판권은 저작권자와 책만드는집에 있습니다.
  이 도서 내용의 전부 또는 일부를 재사용하려면 양측의 동의를 받아야 합니다.
* 이 시조집은 2023년 하반기 한국예술인복지재단의 창작준비지원사업 지원을 받아
  제작하였습니다.

—

ISBN 978-89-7944-863-4 (04810)
ISBN 978-89-7944-354-7 (세트)

시
인
선

2
3
7

생무지

이태순 시조집

책만드는집

철없던 시절 공부가 지겨워 얼른 커서 어른이 되고 싶었다. 새털같이 많은 세월 칠십까지만 살면 충분하다고 생각했다.

고희가 다가왔을 때 칠십 평생 내가 한 게 뭐 있나 되돌아보았다. 카페에 쓴 시와 수필들이 책 세 권 분량이 되어 다 살았다고 생각하고 서울서 친구 친지들을 초대해 고희연 겸 첫 시집 『참 괜찮은 여자』 출판기념회를 열었다. 그것을 시작으로 칠순 늦깎이 시인이 된 지가 어언 10년이다. 2024년 1월 10일 위내시경 검사를 했더니 위암 수술한 지가 6년째인데 이상 없다 한다.

맏며느리로서 44년을 시어머님을 모셨고, 남편을 내조하며 세 남매 모두 출가시키고, 병마까지 이겨내고 시를 쓰다 보니, 어느새 산수가 내후년이다.

굴곡 많고 생무지 같은 한 생이지만 최선을 다했다.

만약에 다시 태어난다면 이 힘든 길을 또다시 갈 수 있을까?

어차피 인생은 알 수 없고 생무지 같은 미래이다. 다른 길로 간들 더 나은 길이라고 누가 알 수 있나?

'남에게 보이려고 인생을 낭비하지 말라'는 쇼펜하우어의 가르침대로 이제는 남은 여생, 천상병 시인의 말처럼 그냥 소풍처럼 즐기며 부대끼지 않고 살다 가렵니다.

그러다가 이삭 줍듯 시조 한 수 건지면, 또 한 권의 책이 되는지 알 수 없는 거지요.

2024년 3월
승곡 이태순

| 차례 |

후분 後分[*]

아파트 창밖에는 분꽃 향기 물결쳐도
시린 다리 잠 못 드는 난방 꺼진 신새벽에
세월은 멈춤도 없이 제 갈 길을 잘도 간다.

* 사람의 평생을 셋으로 나눈 것(초분, 중분, 후분)의 마지막 부분.

일장춘몽 一場春夢

머리는 반백이나 꿈꿀 때는 학창 시절
이상향과 열정으로 질주하는 청춘이다
눈뜨면 일장춘몽이나 인생 절반 꿈이다

날마다 꿈속에선 별천지 무릉도원
불로초 필요 없는 청춘이 분망하다
동천동 '동천복지'*다, 우리 동네 별천지다

어떨 땐 정체불명, 어떨 땐 성공 가도
현실에서 못 이룬 소박한 꿈도 성취
어차피 일장춘몽인데 꿈인들 어떠하리.

* 도연명의 「도화원기」에 나오는 낙원 이름. 또한 우리 동네가 경기
도 용인시 동천동이어서 중의적 소재로 사용했다.

생무지

쉼 없이 팔딱팔딱 뛰고 있는 심장처럼
유효기간 알 수 없는 인생 지도 펼쳐 보며
또다시 생무지 미래로 첫새벽을 열어간다

바보 같은 웃음 띠고 미로로 접어들어
맹인처럼 더듬더듬 갈지자로 걸어가도
잡초는 바람에 맞서 오색 꿈을 또 엮는다.

야맹증

반백 년 거슬러서 어린 시절 찾아가면
먹을 것 너무 없어 야맹증에 걸린 아이
달빛을 잡지 못해서 어쩔 줄을 모르네

칠흑 같은 어둠 속에 간신히 집을 찾고
정화수에 빌고 있던 어머니 깊은 사랑
이제야 가슴에 담네, 칠십 성상 지난 후에.

주목朱木 탁자

백두대간 어느 능선 씨앗으로 싹튼 네가
옻칠을 머금고서 박제된 채 내 집에 와
상고대 죽어 천년 삶 실타래로 잣는다

소리 한번 못 내고 깎여버린 무릉도원
홍매화가 피어 있고 뭇 새가 노래해도
그 옛날 살아 천년 삶 양각 속에 새긴다.

2023.10.12

계영배戒盈杯

식탐을 자제 못 해 칠 푼이 차면 넘쳐
죽비로 내리치는 계영배는 스승이다
한 잔 술 십 푼을 가지고 칠 푼만 채운 계영배.

불멍

한 발짝 두 발짝씩 그렇게 빠져들어
보여도 안 보이는 수렁 속에 갇힌 심장
어딘가, 정신이 들면 혼돈 속의 무념무상.

육수 속 환생

날 잡아 다시 멸치 머리 다듬는 날
싸다고 상자째로 사 와 몇 달을 묵혔지만
오늘은 두 팔 걷어붙여 큰맘 먹고 덤벼든다

청정한 남쪽 바다 떼 지어 다니다가
어망에 끌려와서 끓는 물에 몸을 풀면
사람들 입맛에 따라 성찬으로 환생한다

몇 달을 방치하다 머리를 손질하면
온몸이 부서져도 영혼은 살아 있어
육수에 곱게 녹아서 죽었지만 살아 있다.

막걸리

막걸리 한잔하고 콧수염 매만지며
곡차를 즐기시던 아버지가 생각난다
오늘 밤 꿈속일망정 옛집으로 오소서.

엿장수

옛적 옛적 엿장수가 가위 들고 춤을 추면
동네 애들 신이 나서 고물 들고 모여들어
엿치기 내기를 하며 날 지는 줄 몰랐지

"엿 사려" 소리에 구름같이 몰려와서
잘리는 엿 소리에 침을 꼴깍 삼키면서
환호성 지르는 모습 비티에스BTS 팬 닮았다.

비우다

머릿속을 비워놓고 집도 절도 비우고
욕심도 내 속에 쟁여둔 저장 강박
비운다 마음속 번뇌까지, 바람처럼 물같이

한평생 참고 살아 화석 같은 응어리도
비워내고 채워지는 진리가 우리네 삶
용기 내 못 한 말들을 불러내면 청심이다.

화수분

대파를 부엌칼로 윗동 몽땅 날리고서
뿌리는 꿀병으로 수경재배 안착하니
먹어도 또 잘라 먹어도 거침없이 자라네.

사기 호롱

궁핍한 유년 시절 영양실조 야맹증에
그믐밤 한밤중엔 두 팔 벌려 걸어간다
그 시절 사기 호롱불이 별빛처럼 깜빡인다

용감한 우리 엄마 비타민 에이A 많은
쥐고기를 나를 먹여 시력이 밝아졌네
엄마는 드럼통에 빠진 쥐 물을 빼서 살렸다.

산다는 것

돌이켜 생각하니 수술하여 생명 주신
의사 선생 하나님 당신보다 고맙구나
생명은 바람 앞의 촛불 아침 이슬 같구나.

2023. 11. 9.

기억의 편린

나이가 나를 먹고 뇌세포도 집어삼켜
희미한 기억 조각 둥둥둥 떠다닌다
까칠한 다섯 살 기억 하나 고희에도 생생하네.

보석처럼 깜빡깜빡

아침을 먹고 나서 낮잠을 자고 나니
천날만날 챙기는 밥 남편 준 줄 알았다
아뿔싸 핫도그를 주었는데 케첩 주길 잊었네.

상념

상념은 나도 몰래 배가 되어 흘러가고
육신은 미동 않고 혼만 빠져 달아나네
아 옛적, 차안과 피안 사이 영과 육의 사유에서.

환영

그리움 사무쳐서 그림자도 없는 밤에
발걸음에 걸려서 번쩍하고 떠오르는
임이여 피안의 거리에서 환각처럼 오다 가네

환영처럼 밀려가는 어머니 아버지여
이승보다 저승이 내 집처럼 웅성대네
언젠가 비눗방울처럼 사라져 갈 너와 나.

빈집

암흑 속 칠 년 세월 주인 떠난 빈집에서
미풍에 태풍같이 흔들려 날아가네
인생도 우화羽化 같으면 날개 달고 갈거나.

하얀 기억

칠십 대 내 친구가 냉장고로 갔다가는
왜 갔나 몰라서는 그냥 돌아서네
나 역시 냉장고 앞에서 돌아섰다 친구니까.

나도 꽃

봄이면 지천으로 산지사방 피고 진다
잔디밭 꽃들 사이 보도블록 틈새마다
나도 꽃 뽐내보지만 짓밟히고 또 핀다

핍박이 심할수록 수천만 개 홀씨 날려
세상의 잔디밭은 산지사방 민들레꽃
언젠가 세상은 노랗겠지, 그게 바로 민초다.

백합

며칠을 앙다물고 애간장을 끓이더니
아침에 화들짝 펴 백합 향기 진동한다
만백화 기절시킬 향내 어디에도 없도다.

이브의 눈물

그녀가 흘린 눈물 원죄의 회한인가
눈물 속 피어난 흰 백합의 순결함은
속죄양 첫 고해성사인가 대자연의 향기인가.

■ 아담과 이브가 금단의 사과를 따 먹고 낙원에서 추방될 때 이브
가 흘린 눈물에 흰 백합이 피었다는 신화가 있다.

오색 백합

사내 여럿 혼절시킬 향내가 사방 진동
빨강, 하양 같이 있음 빨간색이 돋보이고
흰 백합 혼자 있으면 지고지순 당나리.

수수꽃다리

향수가 이보다도 진한 향기 풍길까요
칠십 년도 더 전에 미국에 간 토종 아씨
개명한 '미스김라일락' 낯선 국적 귀향이네

몇십 성상 넘어서 짙은 향에 키도 크네
토종 아씨 북한산 자락에서 그대론데
미 공원* 라일락 산책로에 보라 향기 진하다.

* 미국 공원.

흰 괭이밥

안개꽃 피어나듯 꽃 화분에 핀 괭이밥
하얗게 밥 한 공기 쏟은 듯 밥꽃 피네
낮 동안 밥을 지어서 주린 배를 채워줬지.

꽃 다시 피다

수많은 생명 소리 뇌동맥 소리까지
엇박자로 돌아가는 다섯 개의 방아처럼
언제나 이명 소리같이 낯설게도 들리네

가깝게 어느 때는 멀어지는 심장 소리
발동기의 소리에 박차가 가해져서
어느 봄 냉해에 멍든 꽃 살아나듯 꽃 피네.

공작 단풍

경국傾國도 홍엽에다 비기지는 못하리라
꽃보다 화려하게 시리도록 지은 자태
단 한 줌 흙이 될망정 더욱 붉게 피고 싶다.

묵정밭에서

미뤄둔 숙제 하듯 시밭에서 알곡 찾아
뒤적이다 마주치는 시상詩想을 포획한다
묵정밭 저 밑바닥에 가끔은 알곡도 있다.

겨울 풀

동지섣달 추운 혹한 밟아도 죽지 않는
죽은 듯 살아 있는 겨울 풀은 대단한데
어느 날 한순간에 갈 인간인가 우리는

보일 듯 말 듯 하게 누렇게 뜬 색으로
뿌리를 깊게 박아 자연 속에 드러누워
석양 속 본모습인 양 한 폭의 명화로다.

갈색 잎 노루귀

언 땅을 녹이면서 꽃 피고 귀 올리는
아기 노루귀 닮은 갈색 잎의 털뽀숭이
눈 속을 박차고 나와 하늘에서 웃고 있네.

설중매雪中梅

성급한 홍매화는 어찌하여 미리 피어
꽃샘바람 쌓인 눈은 녹을 기척 없는데
암홍색 고매화 가지마다 솜이불로 꽃잠 자나

옛 선비는 매화 보러 천 리 길을 마중 가며
이리도 그리운 임 매향에 급한 걸음
고매 향 난분분하니 마음부터 취한다.

■ 2022년 제10회 역동문학상 동상 수상작.

석류

오뉴월 붉은 종이 소리로 꽃 피우고
터진 석류 사이로 보석이 가득하다
해마다 복주머니를 잊지 않고 보내주네.

할미꽃

나는야 내 부모의 인꽃*으로 태어나서
장미처럼 고운 시절 우아한 목단같이
오늘은 자주 옷 입고 엄마처럼 고아하다.

* 사람꽃.

자작나무

하이얀 겨울 오면 동안거 입산한 듯
탐욕의 잎들은 죄다 벗고 묵상한다
스스로 뚝뚝 가지 치며 직립으로 나목 된다

맨몸에 검은 상흔 화마를 뚫고 나온
누군가 엉덩이를 밀어 올린 여린 가지
오롯이 하늘을 찌를 만큼 위만 보며 웃는다.

하얀 함박꽃

소박한 웃음 짓고 벌 나비 모여들게
나절가웃 고향 뜨락 흐드러져 피어 있네
어머니 모시 적삼처럼 달큼한 젖내 나네.

2023. 11. 16. Goon

백합

오방색 꽃들이 합창하는 오월이다
세상에 꽃 좋아한 나쁜 사람 없는데
몇 번째 만든 선물일까, 이브, 아담 다음에.

목단꽃

양귀비 닮았을까 황진이를 닮았을까
우아미 송이송이 향기에 넋을 잃네
귀비가 너를 봤더라면 출장화*가 되었으리.

* 양귀비가 질투해 담장 너머 던진 황매화.

넘치는 기쁨*

여름 창가 아침마다 피는 흰색 나팔꽃
아침을 넘쳐나게 기쁨으로 채워주고
날 위해 피고 지는 꽃 내가 심은 그대여.

* 흰 나팔꽃의 꽃말.

54

부겐베리아*

봄부터 시작해서 가을까지 피는 꽃
줄기 끝에 잎보다 먼저 꽃을 피운다
치명적 화려함이다, 천상의 선녀일까

붉다고 다 꽃이냐 시들지 않는 꽃
시스루 얇실한 종이처럼 말라버려
차라리 '종이 장미' 되어 나비처럼 낙화한다.

* 부겐빌레아의 다른 이름.

나의 페르소나*

내 안의 너는 지금 무엇을 꿈꾸는가
가끔은 인생 반을 꿈속에서 살고 있는
너 또한 나의 페르소나, 가식 없는 그 인생

말은 해도 후회하고 안 해도 속 끓이는
정답 없는 인생을 가면 뒤에 숨겨놓고
오늘도 갈등하는 내 분신, 영원한 동반자여.

* 다른 사람에게 투사된 자아. 내가 지니고 있는 또 다른 자아.

이카루스*의 꿈

대자연 모천에서 떠도는 부유물이
이카루스 꿈을 안고 태양으로 돌진하면
마음속 깊이 숨겨진 추억까지 흩어지네.

* 그리스 신화에 나오는 인물.

눈물과 눈 물

부모님 봉분 위에 하염없이 쌓이는 눈
소복이 덮여 있어 따뜻하게 주무실까
그리움 봉분을 적시네, 화덕 같은 눈 물이

시절이 하 수상해 코로나가 창궐하니
수의 한 벌 못 걸친 채 화장된 피붙이들
애통해 흘린 눈물은 강물 되어 흐른다.

어느 어머니 내간체內簡體

변심한 애인 결혼 자살한 딸의 한을
두루마리 내간체로 낱낱이 엮어내어
한 맺힌 슬픈 사연을 내간체로 전한다.

이사무애理事無碍

바람 불면 세상사 제멋대로 흔들리고
서풍 불면 너와 나도 흔들흔들 막무가내
태양은 자연의 수호신, 사계는 걸림 없다.

장맛비

해마다 여름에는 장맛비가 쏟아지고
산사태로 붕괴되고 강둑도 무너지네
세상은 장마가 처음인 듯 호들갑만 반복하네.

우울증

내 집을 끝도 없이 파고들어 간 땅굴
병도 아닌 병으로 단절 속에 갇힌 군상
탈출을 시도하려고 날개 없이 비상한다.

접사接寫란

산책길 돌담 아래 보랏빛 앉은뱅이 꽃
너무 작아 엎드려서 코앞에서 '탁' 찍었다
아뿔싸 '접사'란 이게 아닌데, 아는 만큼 보인다.

매한가지

수족관 밑바닥에 포개어진 넙치들은
한쪽에 달린 두 눈으로 죽는 순서 점쳐보나
죽는 날 모르는 것은 나나 너나 매한가지.

낯선 오늘

어제는 가버리고 오늘은 밀려오고
내일은 도대체 어떤 낯빛 다가올까
저절로 잊힌 사람들, 웃고 있는 낯선 오늘.

족보

수억만 년 전의 옛날 유기된 인간 종자
풀씨 같은 생명력이 지구에 안착하여
아무런 근본도 없는 것이 족보를 따져댄다.

고향의 어린 시절

문전옥답 황금벌판 펼쳐지는 나의 고향
툇마루 문을 열면 청포도가 드레드레
뒷밭엔 상추 오이 토마토 수세미가 싱그럽다

앞마당 화단에는 백화가 노래하고
붉게 터진 여자가 지붕 위로 기어가네
산 아래 제실 옆에는 승호늪이 그림 같다

새참 인 올케 따라 농공단지 들로 가면
수박 참외 여기저기 영글어 단내 난다
달통한 원두막에 앉아 수박 먹고 숙제한다

휘영청 달이 뜨면 늪에 가서 멱을 감고
아무도 모르게 집으로 와 녹초 된다
햇살이 눈을 찔러도 짚단처럼 엎더 잔다.

나사 풀린 피노키오

너럭바위 올라가면 마음마저 늙지 않아
천만근 육신마저 깃털처럼 가벼워져
풀렸던 나사마저도 단단하게 조여진다.

바보 식탐

아픈 위장 절제 수술 반도 안 된 주머니로
남은 생을 살려는데 발목 잡는 오욕칠정
식욕을 참지 못해서 후회 속에 해가 진다.

위대한 자연

수채화 물감을 부어놓은 저녁노을
미 서부 평야에서 핏빛으로 다가오네
한순간 뭉크의 절규로 실어증을 앓는다.

2022. 11. 30.

신비한 오감

눈으로 보고 감동 후각으로 맡고 먹고
손으로 촉각으로 느끼고 감상한다
오, 감동 신비스러운 오감, 가슴에서 눈물 난다.

옥석 같은 시알 하나

시상이 물 흐르듯 가슴에서 넘쳐나면
그중에 시알 하나 옥석으로 갈고 닦아
생전에 가슴에 찡한 시, 한 수라도 남겼으면.

키보드

밤마다 키보드를 두드리며 시를 쓴다
연필로는 머릿속이 박 속같이 비어버려
탁 탁 탁, 컴퓨터 앞에서만 시가 온다, 언제나.

고독

애긋는 마음 한켠 알 수 없는 응어리가
공연히 눈물 나고 저절로 튕겨 나와
바닷가 모래알같이 이리저리 궁그네.*

* '구르네'의 강원 방언.

민족 정형시조

정치가 시인들은 벼가 익듯 숙여야지
혼자서 돌올하면 뉘라서 알아주나
시조도 민심은 천심, 진심으로 통한다

배울수록 박식하고 도도하고 난삽하니
국민도 이해 못 해 교과서서 사라지니
어떻게 민족 정형시라고 유네스코 말할까

잘한 거 본을 받고 못한 거는 내쳐야지
하이쿠는 쉽게 써서 총리부터 국민까지
전 국민 하이쿠 사랑 미국 교과서 실렸네.

돌을 쌓다

돌 하나 내 마음에 쌓는다, 매일매일
피할 수 없는 인연 켜켜이 쌓여가네
어느 날 누군가 마음속에 내 돌도 쌓일까

가끔은 한 치 앞을 모르면서 넙죽대고
천 년을 살 거라는 착각 속에 사는 인생
내 코앞 돌부리조차 구별 못 해 넘어진다.

시알

자다가도 임이 오면 버선발로 일어나도
귀찮다 망설이면 도망가서 흔적 없다
한밤중 멍때리면은 서두 꺼내 임 맞는다

어떤 날 번갈아서 두 번도 오시고요
번갈아 다른 임이 오신들 안 반길까
서너 달 딴짓하면은 칼날같이 삐진다.

지금 여기

한 줄기 필연처럼 붙잡고 달려온 길
치유된 고비마다 옹이 져서 새살 돋고
한없이 끝도 모른 채 달려오니 여기다

뒤돌아 머나먼 길 운명은 선택 불가
얼마나 남았을까 아직도 걷고 있네
'시인'은 인생 이모작, 알곡들이 풍성하다.

피부과에서

하나둘 검버섯이 어느 날은 사마귀가
피부가 죽었냐니 살아 있는 사마귀래
그래도 죽은 게 아니고 살았다니 이승이네.

詩를 그리다

내면의 울림으로 마음을 표현한 시
수채화는 화가의 마음을 그린 시다
무용은 몸으로 그린 시, 부처님 수화처럼.

하늘의 달을 떼어

청잣빛 맑은 하늘 더 높은 보름날에
화선지 펼쳐놓고 먹청색 붓에 적셔
수묵화 일필휘지로 내 마음을 그린다

임이여 개기월식 암흑세계 어둠 속에
임과 함께 수묵화 벽에 높이 걸어놓고
달 없이 달이 뜬 듯이 임의 얼굴 환하다.

필사筆寫는

밤하늘 네온 빛이 깜빡이며 흐려지듯
내 유년의 기억들이 아스라이 사라지고
필사筆寫는 필사적必死的으로 버텨보는 삶의 투쟁.

생태탕과 생태계

후쿠시마 원전 사고 생태는 안 먹겠다
십 년 세월 흘러가자 잊었나 지워졌나
망각 속 미세 플라스틱 조각 바다에서 둥둥둥

인간이 자초한 재앙들은 줄을 잇고
사람이 사람을 겨냥하는 러시아 총구
생태계 방사능 비닐 조각 목에 걸린 계륵이다.

미세 플라스틱

강렬한 태양 아래 바스러진 바다 비닐
물고기가 먹은 다음 사람들이 먹는다
쓰레기 바다에 버린 죄 부메랑이 되어 오네.

늦은 후회

아득히 먼 옛날 전설같이 태어나서
만경창파 이리저리 부대끼고 찢어져서
어느새 흘러간 세월 칠십 성상 넘었구나

반추해도 돌릴 수 없는 후회막급 사용 후기
목엔 가시 몸엔 종양 끊어내고 끊어내도
육신은 구십 프로 사용, 십 프로는 남았을까

내 이럴 줄 알았으면 좀 더 조심할걸
알 수 없는 내 몸속을 감으로 진찰한다
인생은 사형 선고받은 미결수나 진배없네.

썩은 사과 하나

누군가 붉은 사과 한 박스를 선물했다
생채기 사과 하나 살강 위에 유배하네
어쩌나 날이 갈수록 조금씩 다 썩고 있네

사람은 종합검진 내시경에 시티CT도 찍어
좋은 것은 모두 하여 처방받고 예방하네
저절로 백세시대가 도래한 거 아니다.

블리치를 하고서

아파트 화단에서 꽃보다 이쁜 단풍
가을엔 나무 전체 불타는 노을이다
겨우내 나무를 붙잡고 놓지 않는 단풍잎

어느새 헌 잎 밀고 새잎 돋아 봄이 왔네
초록색 단풍나무 빨간색 블리치 했네
인생도 빨강 블리치 해 이모작을 해보자.

몽돌

애초에 무엇 하나 능력 없는 못난이다
구르고 떠밀리며 물과 같이 굴러왔다
결국은 닳고 닳아서 부처님이 되었네

깎이고 또 깎여서 있는 성질 다 죽이고
어느 날 백사장의 진주처럼 영롱하다
아, 나는, 삼수갑산 돌아 이제서야 집에 왔네.

두견주杜鵑酒

천 년 전 이두李杜* 시선詩仙 즐기던 두견주로
폭포수 노송 아래 화전 구워 안주하며
꽃비 속 시조창 읊으니 이백 주선酒仙** 좌정하네.

* 당나라 때의 시인 이백과 두보를 이르는 말. 이백을 시선詩仙, 두보를 시성詩聖이라 했다.
** 이태백을 술의 신선이라 하여 이르는 말. 이백은 술이 취하면 임금이 불러도 가지 않았다고 한다.

애기똥풀

이름도 모르면서 옮겨 심은 노란 풀꽃
대견히 겨울나고 말간 미소 어여쁘다
산하에 지천으로 널려 새 희망을 전하네

인생은 기약 없이 불식간에 늙어가도
봄이면 찾아와서 기쁨을 주는 너를
그 누가 하찮게 여겨 잡풀이라 하겠나.

왕송수산 枉松守山

잘났다 하였더니 발목까지 싹둑 잘려
요사채의 기둥 되어 스님 독경 풍월 읊네
"행여나 다음 생에는 나무만은 싫어요"

굽은 나무 선산을 지킨다고 하더니만
사백 년 연륜 덕에 장엄한 갑옷 두르고
도도히 천연기념물 되어 세세만세 누리네.

세월 낚는 노인

아파트 산책길에 팔십 대 노인 한 분
홀로 앉아 뽁뽁이로 하루를 낚고 있다
뽁뽁뽁 시간을 죽이며 무료함을 달랜다

아침에 재활용 분리수거 아저씨가
나에게 뽁뽁이를 주는데 "왜 주세요?"
물으니 "빵빵 터뜨려요" 이미 와버린 자화상.

책 읽어줄 사람

시집을 해설부터 펴서 읽다 나른해져
눈 감고 잠시 쉬다 나이 탓에 잔꾀 난다
누군가 책 읽어줄 사람 있으면은 좋겠네.

반려식물

봄비가 하루 종일 대지를 적셔주면
키 재기 놀이 하듯 쑥쑥 쑤욱 자라나서
한 세상 꾸며보려나, 녹색 꿈을 펼친다

화중왕 모란 작약 여기저기 꽃 축제
홍초는 기사처럼 결전의 잎을 쏜다
물먹은 나팔꽃 모종은 씨앗 모자 쓰고 있네.

달항아리

내 고향 초가 위에 걸터앉은 보름달이
집까지 따라와서 탁자 위에 자리 잡고
온 집 안 환히 비추며 가족 염원 듣고 있다.

청소하자

그동안 칠십 평생 흘리고 온 말과 글들
머리가 부족해서 보물처럼 쌓아두고
아직도 정신 못 차린 바보 시인 하나 있다

한 백 년 살 줄 알고 착각 속에 흘린 글들
돌이켜 물레 자아 버리고 또 버려도
끝없이 쓰레기를 쌓는 미숙함에 부끄럽다.

촛불

긴 여정 촛불 밝혀 안녕을 기원하네
장미 향기 진동하는 한순간의 무릉도원
바람에 껌뻑거리는 촛불 온몸으로 품는다

나는 내가 누구인지 나는 네가 누구인가
누구를 사랑하고 누구를 미워했나
언젠가 나의 촛불은 절로 다 타 '디 엔드The End'.

건망증

서유럽 패키지로 한밤중 호텔 도착
꼭두새벽 샌드위치 들고 탄 산악열차
아, 내 빵, 그곳 설산에서 사진 찍고 두고 왔네

현상 못 한 기념사진 컴퓨터에 잠을 자고
추억은 파노라마 필름처럼 멀어지네
빙하 속 그 샌드위치는 화석으로 변했을까.

참회

척지고 원수지고 뼛속까지 미워했던
그들보다 내가 뭘들 하나 나은 게 있나
밴댕이 소갈딱지보다 좁은 소견 부끄럽다.

하지감자

봄이 오면 땅속에서 감자가 살이 찐다
하지감자 맛도 좋고 영양 또한 일품이라
유월은 감자 한 가지면 간식 반찬 풍성하다.

순리

나무는 봄이 오면 죽은 가지를 떨쳐준다
꽃들은 봄이 가면 시들고 열매 맺지만
사람 왜, 백세 백세 하며 헛발질을 하는가

시인들은 죽음을 상상하며 눈물짓고
가보지 못한 길에 심상의 나래 펴네
천국도 상상할 수 있는, 바보인가 천재인가.

염색

세월은 훈장인가 파뿌리가 따로 없다
십 년 더 젊게 뵈려 리모델링해 보지만
마음은 늙기 싫은데 나이테가 휘감긴다.

하루

하루가 흘러가면 또 하루치 삶도 간다
화수분 빼닮은 듯 싱그러운 나날들은
내 죽음 상관도 없이 희망의 날 또 오겠지.

먼지처럼

뇌리에 흘러넘친 기억의 파편들은
내 유년 어디쯤에 미아로서 서성일까
아무리 애를 써봐도 표피처럼 떨어지네.

기원

머리 위 흰서리는 눈처럼 흘러내려
나뭇잎 눈과 같이 뭉텅뭉텅 떨어지네
봄에는 더욱 풍성해서 아름드리 꽃 피네

또다시 꽃 피울 수 없는 인생 바라건대,
곳간 속 열매라도 알록달록 가득 차서
땅속에 꽃 거름이 돼도 좋은 날들 영원히.

엄마 손

무심히 지난 세월 크림 하나 못 사드려
회한은 강물 되어 명치끝을 찌르는데
한생을 사신 모정이 오늘따라 그립다

겨울엔 갈라 터져 쑤시고 피가 나도
불평도 안 하시고 일만 하신 울 어머니
오로지 안티푸라민만 처방으로 아신다

이제 와 후회해도 돌이킬 수 없는 세월
딸 덕에 요즘 나는 영양제가 넘치는데
그 세월 소환해 봐도 후회마저 때늦다.

2023. 11. 13. 春花

큐알QR시대

코로나 큐알시대 가게마다 신분 스캔
중국에선 거지가 큐알코드 동냥하네
세상은 큐알로 발가벗겨 이리 밀고 저리 민다

대통령이 무엇인데 서로들 된다 하나
카카오가 통합되어 큐알코드 스캔하니
출마자 큐알코드로 모조리 밀어볼까.

숯내에서 잡힌 동방삭

동방삭 숯내에서 저승사자 만났다네
일 갑자를 삼천갑자 위조한 동방삭은
시커먼 물이 흐르는 숯내에서 잡혔다

"숯을 씻어 희게 한다" 저승사자 말에 속아
"삼천갑자 살아도 숯을 씻어 희어지는 거 못 봤다"
웃다가 오랏줄에 묶여 저승으로 끌려갔다.

■ 저승사자를 속여 삼천갑자를 산 동방삭은 저승사자가 숯 씻는 걸
보고 "내가 삼천갑자를 살았지만 숯을 씻어 희게 만드는 것은 보지
못했다"라고 말함으로써 자기 정체를 밝혀 잡히게 되었다. 여기에서
용인 탄천(숯내)의 이름이 유래되었다.

풀이다

발아래 밟히는 게 이름 모를 잡풀인데
너 역시 내가 모를 이름이 있겠지만
아무도 보지 않아도 피고 지는 꽃이다

어느 땐 이빨 빠진 할머니도 꽃이었지
한 사람 눈에 들어 결혼하고 아이 낳고
이제는 누구 눈에도 띄지 않는 풀이다.

옥잠화가 필 때

누군가 옥잠화가 한창 필 때 어머니가
누군가는 장미 같은 나팔꽃이 한창일 때
홀연히 아내가 사라졌다, 하늘도 무심하지

어느 날 안녕이란 말 한마디 못 남기고
예고 없이 가는 인생 가슴 친들 무엇 하랴
곡소리 내지 말라던 어머니도 가셨다.

누룽지탕

남편이 취해 오면 건강이 염려되어
팬 위에 밥 한 공기 뱅뱅뱅 돌리면서
앞뒤로 한 판 뚝딱 완성 보름달을 삶아낸다

인생도 잘못 살면 부서지고 깨어지지
쓸고 담아 물을 붓고 참기름 둘러치면
구수한 누룽지탕은 인생 이 막 알린다.

아파트 창밖으로

팔일오 광복절에 새시 넘어 탈출 성공
창밖에서 활짝 웃는 나팔꽃이 눈부시다
광복절 나팔꽃도 해방, 꽃 피고 열매 맺다.

미로

누군가 갈고리로 내 속을 긁어대는
아픔 속에 자다 깨다 어느새 날이 샌다
아직도 그 못된 병마가 호시탐탐 노린다

이러다 재발하면 죽을 수도 있을 텐데
암이 살아 밤새도록 내 살을 후벼 파도
동살이 퍼져 내리면 지난밤 일 다 잊는다.

꿈을 향한 무한 도전과 극기의 오도송悟道頌

이광녕 문학박사·한국시조협회 고문

승곡 이태순 시인은 인생 재창조를 위한 끊임없는 도
전과 열정의 여류 명필가요, 인간 승리자이다. 승곡 시인
의 굴곡 많은 인생 역정을 들여다보면, 그녀의 인생 나이
테 속에 온갖 우여곡절과 극복 의지가 새겨져 있어 놀라
움을 금치 못한다. 대학 불어불문학과를 졸업하고 고등
학교 영어 교사로 봉직하였고, 치명적인 육신의 질고를
겪고 나서도 시조와 시, 수필로 다양한 집필 활동을 하고
있으며, 영역시조집을 출간하고 작사한 시조를 노래로
발표했다. 이에 더해 수채화와 캘리그래피까지 배우는
등 시서화詩書畵를 두루 섭렵하였으니 예술인으로서의 그
녀의 활동이 참으로 놀라울 정도이다.

승곡 시인의 인생 자취를 돌아보면 얼핏 '진인사대천명盡人事待天命'이라는 말이 떠오른다. 험난하고 유한한 인생길, 불굴의 의지로 할 수 있는 노력은 다 쏟아붓다가 하늘의 명을 기다리는 그 정성은 얼마나 값진 것인가! 승곡 시인이 그녀의 초기 시집 이름을 '참 괜찮은 여자'로 명명하였는데, 이번의 작품 세계에 들어가 보니 말 그대로 그녀가 바로 지성과 감성을 겸비한 '참 좋은 문인'이었다.

그녀의 아름다운 꿈과 인생 극복의 의지, 그리고 거기서 터득한 깨달음의 미학이 이번 제3시조집 『생무지』에서 반짝반짝 빛나고 있다. 그녀의 글은 굴곡지고 쓰라린 인생 체험에서 우러나왔기에 실감 있고 진솔하다. 그렇기에 평범함 속에 진실이 발견되고 있으며 독자들의 마음을 친밀감 있게 끌어당긴다. 이러한 바탕에서 승곡 시인의 작품 세계를 그 주제에 따라 일곱 분야로 나누어 살펴보았다.

1. 꿈을 향한 끝없는 도전과 개척 의지

인생길을 비유할 때 번뇌煩惱를 강조하면 '고해苦海'라 하고, 과정을 중시하면 '여정旅程'이라고 한다. 고해를 건너가건 여정을 달려가건 인생길에는 수시로 몰아닥치는 모진 풍파와 가시밭길이 기다리고 있다. 우리 인생은 이 고난의 바다나 광야를 무사히 통과해야만 하는데, 이럴 때 꿈을 향한 개척 의지와 실행력은 큰 무기이다.

승곡 시인은 겸손, 배려, 소탈한 인품의 바탕 아래 실천 의지가 강인했던 철의 여인, 독일의 최장수 총리 앙겔라 메르켈을 연상케 한다. 꿈이야 누군들 없겠냐마는 승곡 시인에게 있어 꿈의 실현은 생명과도 같은 것이었으리라. 다른 문인들보다 더욱 간절히, 더욱 온 심혈을 기울여 꿈의 실현을 위해 쏟아붓는 승곡 시인의 그 끈질긴 노력과 정성이야말로 황무지에다 나무를 심어 가꾸는 선구자의 모습이니, 그 인간 승리 정신에 절로 고개가 숙어진다.

쉼 없이 팔딱팔딱 뛰고 있는 심장처럼
유효기간 알 수 없는 인생 지도 펼쳐 보며
또다시 생무지 미래로 첫새벽을 열어간다

바보 같은 웃음 띠고 미로로 접어들어
맹인처럼 더듬더듬 갈지자로 걸어가도
잡초는 바람에 맞서 오색 꿈을 또 엮는다.
　　－「생무지」 전문

이 글의 제목을 왜 '생무지'라고 하였을까? '생무지'란 어떤 일에 익숙하지 못한 사람이나 아주 낯설고 생소한 상태를 말하는데, 화자는 거칠고 어려움에 처한 황무지 같은 현실을 생무지로 보고 그것을 극복해 나아가는 자아의 의지를 그려내고 싶었을 게다. 아무도 거들떠보지 않는 황무지였던 간도 지방을 개척하러 나섰던 우리 선조들의 마음 자세와 비견할 만도 하다.

유한한 인간 수명 앞에서 드넓은 인생 지도를 펼쳐놓고 소망의 꿈을 가득 안은 채 첫새벽 첫 삽을 뜨며 생무지 미래를 개척해 간다. 비록 맹인처럼 더듬대고 때로는 휘청이지만, 아름다운 오색 꿈을 엮어가려는 선구자적 자세와 소박한 꿈이 실감 있게 펼쳐져 있어 신선한 감동을 준다.

한 줄기 필연처럼 붙잡고 달려온 길
치유된 고비마다 옹이 져서 새살 돋고
한없이 끝도 모른 채 달려오니 여기다

뒤돌아 머나먼 길 운명은 선택 불가
얼마나 남았을까 아직도 걷고 있네
'시인'은 인생 이모작, 알곡들이 풍성하다.

–「지금 여기」 전문

이 글을 읽으면 글 속의 화자가 시인의 길을 운명처럼 받아들이고 있다는 느낌을 갖게 된다. 향나무는 도끼에 찍혀야 더욱 그 향기가 진하게 드러난다. 갖가지 인생 상처를 체험한 승곡 시인이 달려가는 앞길에도 인생 이모작의 농자다운 인품의 향기가 진하게 나풀거리고 있다. 운명처럼 시인의 길을 달려오다 보니 치유된 고비마다 새살이 돋고, 땀 흘려 뿌려진 시알들로 종국에는 알곡들이 풍성하다.

이 글은 승곡 시인이 얼마나 시 창작에 대한 의지가 굳은가를 알 수 있는 대표적인 시조이다. 주어진 운명을 긍정적으로 인식하고 현실 인식을 통해 자아의 정체성과 존재감을 확인하려는 시인의 자세가 본받을 만하다.

글의 내용이 맑고 밝고 긍정적이어서 생명력이 충만하다. 하나의 글을 살아 있는 글과 죽은 글로 나눈다면, 이러한 글들은 소망의 깃발이 생생히 나부끼고 있는, 생명력 있는 살아 있는 글이다.

머리는 반백이나 꿈꿀 때는 학창 시절
이상향과 열정으로 질주하는 청춘이다

눈뜨면 일장춘몽이나 인생 절반 꿈이다

날마다 꿈속에선 별천지 무릉도원
불로초 필요 없는 청춘이 분망하다
동천동 '동천복지'다, 우리 동네 별천지다

어떨 땐 정체불명, 어떨 땐 성공 가도
현실에서 못 이룬 소박한 꿈도 성취
어차피 일장춘몽인데 꿈인들 어떠하리.
　　−「일장춘몽一場春夢」 전문

　꿈은 인간의 생명이다. 승곡 시인은 꿈을 찾아 떠나며 끊임없이 꿈의 실현을 위해 질주한다. 이 글은 작가가 얼마나 꿈속의 이상 세계를 그리워하고 있는가를 보여주는 시조이다. '동천洞天'은 도연명의 「도화원기」에 나오는, 무릉도원으로 이어지는 신선의 계곡을 말한다. 그런데 화자가 살고 있는 동네의 이름도 '동천동'이라니 그 중의적 의미를 인식하여 자신의 주거지도 '동천복지 별천지'라고 노래하고 있다. 그리고 말미에선 "어차피 일장춘몽인데 꿈인들 어떠하리"라고 초인다운 달인대관達人大觀의 심경으로 흥겹고 고풍스럽게 마무리하여 풍류 선비적

삶의 태도를 보여준다. 이는 이상향 무릉도원이 그리워 자신의 동네도 '별천지'로 보고 환몽적인 세계를 현실의 실재로 전이시켜 환상적 이미지를 드러냄으로써, 도가道家 사상에 접맥되었던 우리의 선대 선비들의 시조 풍류를 떠올리게 해 매우 독특한 인상을 풍겨준다.

이러한 시상 전개는 비록 사고의 비약일진 몰라도, 현실을 바라보는 안목이 매우 낙천적이며 일체유심조一切唯心造의 긍정 철학으로 이어져 있으니, 꿈을 찾아 떠나는 작가의 맑고 밝은 인생관이 반짝반짝 빛나는 매우 인상 깊은 시조이다.

2. 질고疾苦의 늪에서 재기하는 불사조의 시혼

누구든지 인생길에 겪어내는 역경이 많이 있다지만, 삶의 뒤안길에서 다가오는 고통의 무게는 사람들마다 천차만별이다. 필자가 보기에 승곡 시인의 경우엔 엄청난 질고의 무게를 다 이겨낸 극복 의지가 하늘을 움직여 감동을 받을 만하다. 승곡 시인은 이상향을 향한 학구열로 학문 탐구에 몰두하다가, 자신도 모르게 엄청난 육신의 큰 질병을 얻어 대수술을 받고 오뚝이처럼 다시 일어나서 뛰는 작가이다. 그녀 앞에선 육신의 치명적인 모진 질병도 머리를 조아리는 듯, 그녀는 다시 앞길만을 내다보고 왕성하게 작가 활동에 매진하고 있으니, 참으로 놀라운 인간 승리요 불사조의 투혼이다. 이러한 그녀의 쓰라린 인생 체험과 상흔은 작품 여러 곳의 시혼의 바다에 녹아들어 가서 다시 아름다운 꽃으로 피어나고 있다.

> 수많은 생명 소리 뇌동맥 소리까지
> 엇박자로 돌아가는 다섯 개의 방아처럼
> 언제나 이명 소리같이 낯설게도 들리네
>
> 가깝게 어느 때는 멀어지는 심장 소리
> 발동기의 소리에 박차가 가해져서
> 어느 봄 냉해에 멍든 꽃 살아나듯 꽃 피네.
> ─「꽃 다시 피다」 전문

이 글을 읽는 독자가 만약 육신의 질고에 빠져 있는 연약한 이라면, 시혼으로 읊어져 잔잔히 들려오는 이 생명의 방앗소리에 스스로도 놀라 가슴에 손을 대보게 되는 공감의 세계에 빠져들리라.

라이너 마리아 릴케는 시적인 표현 내용을 '체험의 소산'이라고 했는데, 쓰라린 체험이 없고서야 어찌 이런 잔

128

잔한 감동을 주는 글을 쓸 수 있단 말인가! 이 글은 육신의 질고를 겪어낸 화자가, 병세를 극복한 후에 새로운 생명의 소리를 들으며 환희에 찬 목소리로 읊어낸 생명의 찬가이다. 이 글에는 '뇌동맥', '다섯 개의 방아'(오장), '심장' 등 살아 있는 육신의 각 기관이 활유적 기법으로 잘 그려져 있다. 이 글에서 가장 중요한 부분은 말미이다. "어느 봄 냉해에 멍든 꽃"은 육신의 질병을 앓고 난 자아를, "살아나듯 꽃 피네"는 재활의 기쁨을 노래한 것이다.

이 글은 비록 가는 목소리에서 비롯되었지만, 나중에는 발동기 소리에 박차가 가해져서 생명수가 쏟아져 나오는 시상의 전환으로 잔잔한 감동을 주는 수준 높은 작품이다.

동지섣달 추운 혹한 밤아도 죽지 않는
죽은 듯 살아 있는 겨울 풀은 대단한데
어느 날 한순간에 갈 인간인가 우리는

보일 듯 말 듯 하게 누렇게 뜬 색으로
뿌리를 깊게 박아 자연 속에 드러누워
석양 속 본모습인 양 한 폭의 명화로다.
　　－「겨울 풀」전문

129

이 글도 작가의 인성과 불굴의 의지가 그대로 잘 드러난 작품이다.

첫 수에선 강인한 겨울 풀과 대조되는 연약한 인간을 한탄하였고, 둘째 수에선 보일 듯 말 듯 누렇게 뜬 색깔이지만 뿌리를 깊게 박고 모진 겨울을 견뎌내는 겨울 풀의 극기력과 자생력을 찬미하였다. 이는 겨울 풀의 강인한 면모를 들어 우리네 인간의 연약함을 대비적으로 경계한 내용으로 아포리즘aphorism적 성격이 강한 글이다.

이 글을 읽으면 설한풍 모진 겨울 눈발과 한파로 꽁꽁 언 땅속에서 견뎌내고 자라나는 토종 보리가 떠오른다. 시가 체험의 소산이라면, 이렇게 매섭게 추운 겨울 풀 보리처럼 강인한 면모를 지닌 작가의 인생 체험에서 우러나온 작품이기에, 더욱 평범함 속에 진실이 발견되는 교훈적인 작품이다. 마음이 심약하고 의지가 약한 이들에게 경계심을 선사하는 좋은 시조이다.

3. 귀소본능歸巢本能과 뿌리 효심孝心

인간은 동물과 마찬가지로 귀소본능homing instinct을 가지고 있다. 인간은 태어난 고향은 물론 모성, 연고지 등

사랑과 인정의 체험 장소를 중심으로 회귀 성향이 이루어진다. 나이가 들면 사람은 물론 동물이나 식물도 본능적으로 자기의 고향을 찾는다. 연어는 산란을 할 때면 먼 유랑길을 돌고 돌아 기어이 자기가 태어난 고향으로 돌아오며, 여우는 수구초심首丘初心이라 죽을 때에도 자기 고향 쪽을 향해 머리를 돌린다. 우리나라 최고의 현모양처형으로 추앙받는 신사임당은, 친정에 갔다가 서울로 되돌아올 때마다 대관령 중턱에 이르러 고향인 강릉 땅을 바라보며 부모님에 대한 절절한 효심을 시로 담아냈다고 한다.

승곡 시인은 다양한 분야에 걸쳐 도전하며 영역을 넓혀가는 활동가임에도 불구하고 그녀의 작품 세계에는 부모님에 대한 극진한 효심과 귀소본능이 절절히 나타나 있어 여성스러운 인간미가 감동을 준다.

반백 년 거슬러서 어린 시절 찾아가면
먹을 것 너무 없어 야맹증에 걸린 아이
달빛을 잡지 못해서 어쩔 줄을 모르네

칠흑 같은 어둠 속에 간신히 집을 찾고
정화수에 빌고 있던 어머니 깊은 사랑

이제야 가슴에 담네, 칠십 성상 지난 후에.

　－「야맹증」 전문

　승곡 시인의 부모님에 대한 효심은 그 뿌리가 고향 마을에 잇닿아 있어서 향수에 젖은 그리움의 시상 전개가 매우 독특하며 향토적이다.

　야맹증은 잘 먹지 못해 비타민 A가 부족해서 걸리는 증세이다. 나이 칠십이 되어보니, 가난 때문에 잘 먹이지 못해 야맹증에 걸린 자식을 두고 정화수 떠놓고 빌고 계셨던 어머니가 떠오르며 그 정성과 자식 사랑의 모정을 피부로 느끼고 있다. 50여 년 전 궁핍했던 어린 시절을 보낸 이들에겐 가난이란 피할 수 없는 운명적인 천형이었다. 뜨거운 눈물은 얼어붙은 강심장도 녹이는 법이니, 세월 흘러 어머니의 나이로 성장한 딸의 마음이 야맹증을 생각하면 그 얼마나 이심전심이었으랴!

　막걸리 한잔하고 콧수염 매만지며
　곡차를 즐기시던 아버지가 생각난다
　오늘 밤 꿈속일망정 옛집으로 오소서.

　－「막걸리」 전문

이 글은 아버지를 그리워하는 단시조이다. 어머니가 사랑의 따뜻한 앞모습이라면, 아버지는 깊은 사랑의 뒷모습이다. 아버지의 사랑은 두텁고 그윽하다. 이 글은 막걸리와 곡차를 즐기시던 아버지의 옛 사랑과 추억을 그리워하는 딸의 마음이 꿈속으로까지 비화되어 나타난 사부곡思父曲이다. 아버지를 그리워하는 딸의 향토적 효심이 '막걸리'라는 매개체를 통하여 정감 있게 드러나 있다.

무심히 지난 세월 크림 하나 못 사드려
회한은 강물 되어 명치끝을 찌르는데
한생을 사신 모정이 오늘따라 그립다

겨울엔 갈라 터져 쑤시고 피가 나도
불평도 안 하시고 일만 하신 울 어머니
오로지 안티푸라민만 처방으로 아신다

이제 와 후회해도 돌이킬 수 없는 세월
딸 덕에 요즘 나는 영양제가 넘치는데
그 세월 소환해 봐도 후회마저 때늦다.
　－「엄마 손」전문

이 글은 현실적인 소재와 시상으로 어우러져 있어 아주 소박하고 진솔한 느낌을 준다. 어머니와 관계된 '크림', '안티푸라민', '영양제' 들이 문학적 시어로서 좀 어색한 듯 보이나, 서민적인 생활인의 눈높이로 본다면 오히려 자연스럽고 공감이 가는 단어들이다. 박인로의「조홍시가早紅柿歌」와 같이, 효도를 다하지 못한 자식의 한탄을 '풍수지탄風樹之嘆'이라고 하는데 이 글이 바로 그런 내용이다.

부모님은 늘 자식을 위한 희생 인생이어서 불평도 안 하시고 참고 견디면서 일만 하신다. 자식이 이러한 부모님의 희생을 알고 성장해서는 반대로 자식이 부모님을 잘 봉양해 드리는 것을 까마귀의 효행에 비유하여 '반포지은反哺之恩'이라고 하는데, 충효례忠孝禮 사상이 많이 퇴색해 버린 요즘 이런 효성스러운 자식들이 얼마나 있으랴! 그렇기에 누구든지 살아생전에 효도를 다하지 못하면 그 안타까움 때문에 나중에 후회하지만, 가신 뒤에는 아무리 땅을 치고 후회해도 소용이 없는 법이다.

이 글은 시상의 전개가 평이하고 소박하지만, 가슴속에 맺혔던 시인의 뿌리 효심이 진솔하게 드러나 있어, 작가의 잔잔한 인간미를 느낄 수 있다.

4. 화초목花草木에 대한 자연 사랑과 연민

『논어』에 시를 배우면 '다식어조수초목지명多識於鳥獸草木之名'이라 하였다. 시를 배우면 새나 짐승이나 초목의 이름을 많이 알게 된다는 뜻이다. 승곡 시인의 글에는 유난히 화초목을 소재로 한 글들이 많은 편이다. 마음이 평화롭고 안정된 사람은 화초목을 좋아한다는데, 선인 현자들도 험난하고 티끌 많은 현실 세계를 탈속하려면 반드시 자연에 귀의하여 화초목과 벗하였음을 알 수 있다.

승곡 시인의 작품 세계를 들여다보면 이러한 선인 현자의 인생관에 가깝게 근접되어 있음을 직감하게 된다. 꽃이나 나무를 닮아가려는 늘 푸른 마음씨의 청정淸淨 여류 시인, 그녀의 많은 작품들이 자연 섭리와 화초목에 대한 감성으로 이루어져 있는데, 그 자연 관찰력이 아름다운 시상으로 환생하여 눈길을 끈다.

　백두대간 어느 능선 씨앗으로 싹튼 네가
　옻칠을 머금고서 박제된 채 내 집에 와
　상고대 죽어 천년 삶 실타래로 잣는다

　소리 한번 못 내고 깎여버린 무릉도원

홍매화가 피어 있고 뭇 새가 노래해도

그 옛날 살아 천년 삶 양각 속에 새긴다.

   －「주목朱木 탁자」전문

  이 글은 화자의 집에 있는 주목 탁자를 보고 그것의 일생을 감정이입 기법으로 의인화하여 그려낸 것이다. 붉은 주목은 잡귀신을 물리치는 벽사辟邪나무로 쓰이고 강원도 정선 두위봉에 있는 주목은 천연기념물로 수령이 1400년 정도가 되었다 하니, 그 상서로움과 생명력이 영욕에 찬 짧은 인생을 사는 인간의 찬탄을 받을 만하다.

  백두대간 어느 능선에서 씨앗으로 싹터 천년을 살아왔을 주목이, 옻칠된 채 박제 신세가 되어 탁자로 화자의 집에 와 잡혀 있으니, 아무리 홍매화가 웃음 짓고 뭇 새들이 노래한들 그것의 깊디깊은 천년 사연만큼만 하랴!

  진정한 시인의 눈은 겉모양뿐만 아니라 사물의 세미한 내면세계까지 꿰뚫어 보는 투시력을 가지고 있다. 감성과 통찰력이 예리한 작가는 돌 속에서도 흘러가는 피를 발견해 내고 그 울음소리도 들을 수 있는데, 승곡 시인의 시적 감상력이 바로 그렇다. 아마도 승곡 시인은 이 주목 탁자를 대할 때마다 무릉도원에서 웃어야 할 주목의 목소리를 듣고, 연민의 정감을 담은 시심으로 그것의 낯을 쓰다듬으리라.

향수가 이보다도 진한 향기 풍길까요
칠십 년도 더 전에 미국에 간 토종 아씨
개명한 '미스김라일락' 낯선 국적 귀향이네

몇십 성상 넘어서 짙은 향에 키도 크네
토종 아씨 북한산 자락에서 그대론데
미 공원 라일락 산책로에 보라 향기 진하다.
　　－「수수꽃다리」전문

이 글에 등장하는 '수수꽃다리'와 '라일락'은 비슷하여
구별이 잘 안 가는 꽃이다. 우리나라에선 '수수꽃이 달린
나무'라 '수수꽃다리'라고 하는데, 이것이 외국에 나가서
개량종으로 '라일락'이 되었다고도 한다. 그러니 향이 짙
은 라일락의 원조가 우리 꽃 수수꽃다리라는 설이 있으
며, 미국인들은 '미스김라일락'이라고도 한단다.

이 글은 승곡 시인이 미국 체류 시에 그곳의 공원에 피
어 있는 라일락을 보고 이러한 꽃의 유래를 생각하고 기
쁨에 차서, 한국의 토종 아씨가 미국의 산책로에도 진한
향기를 선사하고 있다는 감흥을 노래한 것으로 보인다.

김춘수 시인은, 하나의 꽃을 향해 그것을 '꽃'이라고 이름 불러줄 때 비로소 '진정한 꽃'이 되는 것이라 노래하였다. 시인은 버려진 사물에 이름표를 붙여주는 존재다. 그리고 소외되었던 사물은 시인으로부터 이름표를 받음으로써 생명력을 얻으며 존재 가치와 의미성을 부여받는다. 승곡 시인의 안전에서는 죽어 있던 생명체가 숨을 쉬고 침잠했던 화초목이 웃음꽃을 활짝 피우고 눈웃음 지으며 시인 앞에서 춤을 춘다. 시인의 통찰력과 감성의 필력이 돋보이는 향기 짙은 글이다.

5. 연민의 민초 심리와 소탈한 서민 정신

시인은 나무만을 보지 말고 숲을 볼 줄 아는 안목을 지녀야 한다. 무대 위만 바라보지 말고 무대 뒤의 음습한 광경에 더욱 관심을 두어야 한다. 사실 시조의 글감들은 무대 뒤의 음습한 곳에 더 많이 포진해 있다.

오랫동안 교육자의 길을 걸어온 승곡 시인은 이런저런 제자들을 많이 길러냈으며, 또 도전의 열정으로 숱한 이들과 접촉을 해왔으리라. 그중에 말없이, 그리고 무대 뒤의 후미진 곳에서 울며 발버둥 치고 있는 버려진 풀꽃 같은 존재들을 많이 접촉해 왔으리라 본다. 고은 시인은 짧은 시로 "내려갈 때 보았네/ 올라갈 때 보지 못한/ 그 꽃"(「그 꽃」)이라고 하였는데, 군자 시인은, 잘나갈 때건 추락할 때건 후미진 곳에 웅크리고 앉아 있는 풀꽃들을 확대경으로 볼 줄 아는 안목을 지녀야 한다.

승곡 시인의 글에서 특히 「나도 꽃」「누룽지탕」 등과 같은 작품은 음습한 곳을 더욱 조명해 보는 인간적 자애심과 소탈한 서민적 풍치가 눈길을 끌어 시조의 맛과 멋을 더해주고 있다.

봄이면 지천으로 산지사방 피고 진다
잔디밭 꽃들 사이 보도블록 틈새마다
나도 꽃 뽐내보지만 짓밟히고 또 핀다

핍박이 심할수록 수천만 개 홀씨 날려
세상의 잔디밭은 산지사방 민들레꽃
언젠가 세상은 노랗겠지, 그게 바로 민초다.
―「나도 꽃」 전문

이 글은 제목부터 독자들의 눈길을 끈다. '나도 꽃'이라니, '나도 사람 취급 해달라'는 말이겠다. 산지사방 지천으로 피고 지며, 보도블록 틈새마다 끈질기게 피어나서

혼들거리며 삶을 외쳐보지만 짓밟히고야 마는 민초들. 그러나 그 민초들은 어떠한 고난에도 굽히지 않고 수천 만 개 홀씨를 날려 세상을 온통 그들의 세계로 만드는 끈질긴 생명력과 인내심이 있다.

이 글에서 '노란 민들레'로 비유된 민초는 인간 사회의 현실을 보는 듯하여, 다소 씁쓸하면서도 실감으로 와닿는 좋은 상징물이다. 특히 '나도 꽃'이라는 주제어로써 사회 참여의 권리와 개체의 존재감을 부각하려는 인권 존중 사상까지 엿볼 수 있으니, 매우 풍자적이고 사려 깊고 공감이 가는 좋은 글이다.

남편이 취해 오면 건강이 염려되어
팬 위에 밥 한 공기 뱅뱅뱅 돌리면서
앞뒤로 한 판 뚝딱 완성 보름달을 삶아낸다

인생도 잘못 살면 부서지고 깨어지지
쓸고 담아 물을 붓고 참기름 둘러치면
구수한 누룽지탕은 인생 이 막 알린다.
　―「누룽지탕」 전문

『논어』에 '회사후소繪事後素'란 말이 있다. 내면에 순수

140

밑바탕이 먼저 갖추어져 있어야 그림을 그릴 수 있다는 말이다. 이 글을 읽으면 일상에 쫓기고 세상 잡사에 시달리는 중에도 때때로 자신만의 둥지로 돌아가 그 소박함의 바탕 경지에서 삶의 기쁨을 찾으려는 여인의 순수 시심을 엿볼 수 있다. 지아비의 건강을 염려하는 여인의 마음이 지극하여, 다급한 식단 준비는 소박하게 서민적으로, 팬으로 돌려 뱅뱅뱅 소망의 보름달을 삶아낸단다. 인생도 깨어지지 않게 쓸고 담아 물을 붓고 참기름을 둘러쳐 구수한 누룽지탕을 만들어내듯이 살아가며, 그것을 삶의 제2막에 비유하고 있으니 그 얼마나 소탈하고 서민적인가!

이러한 표현은 궁핍을 경험해 보지 못했거나, 깊이 있는 삶의 애환을 겪어보지 못한 이들에게서는 나올 수 없을 것이다. 숱한 인생 시련을 겪어낸 숭곡 시인의 필봉 아래에는 이러한 소탈한 삶의 순수 미학이 갖가지 시편들로 여기저기서 반짝이고 있다. 물질주의와 이기주의로 얼룩진 이 시대, 탈속의 경지에서 이런 순수 바탕의 경지를 멋지게 표현해 내는 필력이 돋보이며, 작가의 소탈한 인간미를 대하는 듯하여 잔잔한 감동을 준다.

6. 고난 세월의 회한과 자아 성찰

자아 성찰은 인생 도약의 디딤돌이다. 승곡 시인은 성
찰의 시인이다. 일일삼성─日三省하면서 수신의 경지에 이
르렀다는 증자의 말과 같이, 그녀의 시에는 곳곳에 자신
을 돌아보며 채찍질하는 자성의 목소리가 배어 있다. 자
신의 궤적을 저울추에 달아보고 너무나 한쪽으로만 기울
어진 삶을 추구해 왔던 지난날을 반성하면서, 좌로나 우
로나 치우치지 않게 아름다운 삶을 추구하고자 하는 작
가의 의지가 비유적 기법으로 독백하듯 여기저기 나타나
있다.

오로지 인생의 앞길만을 바라보고 도전하며 내닫는 승
곡 시인이 가끔씩 뒤를 돌아다보는 것은 지난 일에 빠져
퇴영의 길가에서 기웃거리는 게 아니라, 과거를 통해 법
고창신法古創新의 지혜를 배우고, 고난의 시절을 통하여
용기를 재충전하려는 속뜻이 있어서일 것이다.

아득히 먼 옛날 전설같이 태어나서
만경창파 이리저리 부대끼고 찢어져서
어느새 흘러간 세월 칠십 성상 넘었구나

반추해도 돌릴 수 없는 후회막급 사용 후기
목엔 가시 몸엔 종양 끊어내고 끊어내도
육신은 구십 프로 사용, 십 프로는 남았을까

내 이럴 줄 알았으면 좀 더 조심할걸
알 수 없는 내 몸속을 감으로 진찰한다
인생은 사형 선고받은 미결수나 진배없네.
　-「늦은 후회」 전문

　이 글을 대하면 작가의 인생 수기를 읽는 것 같다. 인간 수명이 유한하여 짧은데 내 몸을 돌볼 틈도 없이 바쁜 일상에 쫓기어 뛰다 보면 육신은 어느새 망가져 있다. 그러나 이미 때는 놓쳤으니, 분망하게 살아온 이의 때늦은 한탄이 오늘을 슬프게 한다.

　숭곡 시인은 전설같이 태어나서 거친 세월 이리저리 부대끼며 칠십 성상을 살아왔다. 그녀는 특히 남다른 열정과 도전 정신으로 인생을 개척해 나간 입지전적인 인물이다. 그러나 그동안 바쁜 일상에 쫓기고 이리저리 부대끼고 시달림을 받다가 치명적 질환인 종양으로 대수술을 받고 구사일생으로 재활의 나날을 이어가고 있는 처지이다. 그러니 그녀의 작품 세계에 어찌 그런 상흔이 비치지 않으랴!

작품 속에서 화자는 "육신은 구십 프로 사용, 십 프로는 남았을까"라고 술회한다. 그러면서 "인생은 사형 선고받은 미결수나 진배없네"라고 하니, 그 절박한 인생 고백에 사경을 헤매본 사람이라면 누구든지 고개를 끄덕이게 된다. 회고록과 같은 이 글은 문학적인 수사 기교를 떠나 보통 사람들의 인생 고백을 듣는 듯하여, 평범함 속에 진실이 발견되는 공감이 가는 글이다.

애초에 무엇 하나 능력 없는 못난이다
구르고 떠밀리며 물과 같이 굴러왔다
결국은 닳고 닳아서 부처님이 되었네

깎이고 또 깎여서 있는 성질 다 죽이고
어느 날 백사장의 진주처럼 영롱하다
아, 나는, 삼수갑산 돌아 이제서야 집에 왔네.
　－「몽돌」전문

이 글은 참으로 인상적이고 감명 깊다. 자화상을 그려냈기 때문이다. 평이하고도 순조로운 문체에 솔직 담백한 비유적인 시상 전개가 누구든지 친근감을 갖게 한다.

이 글에 등장하는 '부처님', '몽돌' 등은 세파에 시달려 깎이고 닳고 닳은 화자 자신을 비유적으로 묘사해 낸 상징물들이다. 애초에 무엇 하나 능력 없는 못난이에서 출발하여 오랜 세월 삼수갑산 돌고 돌아 깎이고 닳은 채 해변의 몽돌로 와 있으니, "이제서야 집에 왔"다는 말이 화자로선 적합한 표현일 것이다.

근시와 원시로 교차된 혼돈의 시대, 확대경으로 지난 세월을 조명해 보고 작게는 겸손한 마음으로 자신의 거취를 되돌아보는 성찰의 태도가 필요하다. 불가에서는 점진적인 수행의 과정을 '돈오점수頓悟漸修'라고 하였는데, 혹독한 세파에 깎이고 깎여서 몽돌과 같은 존재가 된 화자의 현실을 눈앞에서 목격하는 듯하다. 몽돌의 특성을 나열하거나 묘사하는 것으로만 끝나지 않고 '나'로 귀착하여 고백적으로 시혼을 살려나간 솜씨가 훌륭한 작품이다.

7. 명품 시조 창작에 인생을 걸다

일찍이 송나라 소동파 시인은 '생전부귀生前富貴 사후문장死後文章'이라고 읊었다. '살아서는 부귀이지만, 죽어서는 문장이라'는 뜻이다. 승곡 시인은 도전과 열정의 시인이다. 쉼 없이 열심히 탐구하고 미래에 도전하며 전진하는 불도저 같은 이미지가 그녀의 캐릭터다. 그래서 그녀의 도전 정신은 생활 주변에서 터득한 깨달음과 융합하여 인생 이모작을 늘 꿈꾸고 있다. 승곡 시인의 이러한 열정은 역경을 딛고 일어선 굴곡 많은 인생 경륜과 습작 활동으로 이어진 영적 훈련의 결과이기도 할 것이다.

그동안 칠십 평생 흘리고 온 말과 글들
머리가 부족해서 보물처럼 쌓아두고
아직도 정신 못 차린 바보 시인 하나 있다

한 백 년 살 줄 알고 착각 속에 흘린 글들
돌이켜 물레 자아 버리고 또 버려도
끝없이 쓰레기를 쌓는 미숙함에 부끄럽다.
 −「청소하자」전문

이 글에서 화자는 자신을 '바보 시인'이라고 지칭하고 있다. 이 글의 제목이 '청소하자'인데, 칠십 평생 이렇다 할 명품 한번 못 내놓고 헛되이 쌓아온 말과 글들을 못 버리고 쓰레기처럼 쌓아놓고 있는 자신을 질책하고 있다. 문인이라면 누구든지 맘에 쏙 드는 작품을 창작하여 세

상에 내놓고 싶지만, 어디 그것이 그렇게 마음먹은 대로
되는 일이던가. 쓰레기 같은 말과 글들을 다 처분해 버리
고 참신하고 감명 깊은 명품으로 채우려는 순수한 창작
욕구가 이 글 속에 내재되어 있다.

청소는 비워내는 작업이다. 노자는 빈궁한 집의 비어
있는 부분無이 방으로 이용된다는 것을 들어, '있는 것이
이利가 된다는 것은 없는 것無이 작용하는 까닭'이라고도
말하여 '비움의 실천 철학'을 강조하였다. 비움과 채움은
상보 관계이다. 이렇듯 청산하여 비워냄으로써 오히려
채움의 기쁨을 맞이할 수 있는 것이니, 이 시조가 지닌 깊
은 의미를 짐작할 만하며, 창작 활동의 새 출발을 다짐해
보는 화자의 결연한 의지가 은은히 빛나고 있다.

   시상이 물 흐르듯 가슴에서 넘쳐나면
   그중에 시알 하나 옥석으로 갈고 닦아
   생전에 가슴에 찡한 시, 한 수라도 남겼으면.
   ―「옥석 같은 시알 하나」 전문

   자다가도 임이 오면 버선발로 일어나도
   귀찮다 망설이면 도망가서 흔적 없다
   한밤중 멍때리면은 서두 꺼내 임 맞는다

어떤 날 번갈아서 두 번도 오시고요

번갈아 다른 임이 오신들 안 반길까

서너 달 딴짓하면은 칼날같이 삐진다.
　－「시알」전문

  윗글에 나타난 '시알'은 무엇을 의미할까? 필자는 문맥을 짚어 '제대로 된 시를 낳는 알찬 시상'이라고 추론해 본다. '시를 낳는 알'이니 시 생명의 원천이 아닌가!

  「옥석 같은 시알 하나」에서는 옥석 같은 시알 하나를 얻어 가슴에 찡한 명품 시 한 수라도 남겼으면 하는 간절한 소망을 드러내고 있다.

  「시알」에서는 떠오르는 시상의 속성을 의인화하여 재치 있는 어투로 그 시상과 화자와의 교감을 이어나가서, 읽는 이로 하여금 신선한 느낌을 받게 해준다. 자다가도 얼핏 시상이 떠오르면 벌떡 일어나 포시捕詩하여 붙잡아 두면 좋겠지만, 귀찮다고 망설이다 보면 떠오른 기발한 시상은 도망가 버리고 만다. 어떤 날은 시알이 될 수 있는 기발한 시상이 번갈아 여러 번 떠오르다가 또 다른 연상으로 이어지기도 하지만, 만약 서너 달쯤 딴짓을 하면 싹둑 잘라버린 칼날처럼 삐져 단절된단다. 참으로 흥미롭고 희화적인 비유의 기교이다. 뭇 시인들의 글에서는 이런 표현을 찾아보기 힘들다. 승곡 시인만의 창작 열망이 이런 신선미 넘치는 시적 영감을 창출해 냈다고 본다.

승곡 시인의 작품 세계에는 여류 문인으로서의 쓰라린 인생 체험이 켜켜이 쌓여 있으며, 그것이 그윽한 문향으로 넘쳐흐르고 있다. 그녀의 시심은 사려 깊고 샘물처럼 맑아 가슴에는 늘 긍정의 불이 켜져 있다. 이 시조집은 승곡 시인의 꿈을 향한 무한 도전과 극기의 오도송悟道頌이다. 인생 재창조를 위한 '끊임없는 도전과 열정', 그것이 그녀의 심벌마크. 이러한 순수 도전과 마음 다스림의 미학이 이 작품집의 얼굴이다.

'혜안慧眼'이란 우주의 진리를 밝히 보는 눈이다. 시는 그러한 혜안으로 우주를 바라보는 새로운 발견의 예술이기에, 혜안을 지닌 시인 앞에서는 일체의 삼라만상이 새롭게 변하여 보인다. 온갖 역경을 다 겪어낸 승곡 시인은 남다른 혜안으로 인생과 삼라만상의 진실을 꿰뚫어 보고 있으며, 그것을 긍정적 안목으로 인식하여 부활 재기의 디딤돌을 건너고 있다.

이 한 권의 시조집 『생무지』가 어둡고 음울한 현실을 밝게 비춰 부활의 생명력을 제공해 줄 뿐만 아니라 독자

들의 심금을 울려서, 맑은 영혼의 나팔 소리로 온 누리에
퍼져 나아가길 기대한다.

부록 1

괘고정수掛鼓亭樹와 광산 이씨光山李氏

조선조 필문공은 버들을 심으면서
"이 나무가 죽으면 가문도 쇠락한다"
뜻깊은 예언을 하며 나무를 당부했다

영광의 내리 오 대 과거급제 벼슬하니
나무에 급제자의 이름과 북을 달고
축하연 잔치를 하며 북을 치며 즐겼다

정여립 모반 사건 연루된 이발 가문
기축옥사 위관이 된 송강 정철 사감私感으로
무고한 이발 가문 동인들 수천 명을 죽였다

나무 죽고 필문공 저서들은 소실됐다
백 년 후 신원 회복 부조묘가 세워졌다
영험한 괘고정수 왕버들 새순 돋아 살아났다

광산 이씨 영락과 함께한 쾌고정수
지금도 늘 푸르다 필문공 공덕 기려
금남로 충장로처럼 필문대로 생겼다.

■ 필문공 이선제 분청사기상감묘지는 1998년 도굴돼 일본으로 밀반출된 것을 2017년 유가족과 국외소재문화재재단의 노력으로 20년 만에 고국으로 되돌아와 국립중앙박물관에 있다. 2018년 국가지정문화재 보물 1993호로 지정되었다.(일본 소장자가 직접 한국에 와서 한미 우호를 위해 기증함.)
필문공은 집현전 직제학, 부교리, 호조 참판, 예문관 제학을 지냈으며, 하정사로 명나라에도 다녀왔다. 정인지와 함께『고려사』를 집필했다.

낙강칠현洛江七賢*을 기리며

봉화산 낙동강 변 배 타고 시회詩會 열어
창 넓은 갓을 쓰고 선유船遊하는 일곱 선비
일곱 자 '만경창파육모천萬頃蒼波欲暮天'한 자씩 분
운分韻하네

사망정四望亭 나루터에 배를 타고 출발하여
개경포로 왕복하며 시를 짓고 지란지교
진사시進士試 급제도 마다한 육일헌 산림처사山林處士

동서남북 어딜 봐도 아름다운 산수 경관
가풀막 언덕 위에 정자 하나 지어놓고
뜻 맞는 호연지기로 충절을 논하였네

후학을 가르치고 시회를 연 문화 공간
임진란 때 의병 분기 왜군을 물리쳤다
사망정 낙강칠현 시비詩碑에 죽비 소리 울리네.

* '낙동강의 일곱 어진 이'로 이기춘, 이홍우, 김면, 이홍량, 정구, 박성, 이승 등을 이른다.

■ 육일헌 13대 선조님께서 사망정이란 정자를 경북 고령군에 짓고 (1587) 후학을 가르치고 도림 유학 낙강칠현 선비님들과 배를 타고 시회도 열였다.

본인은 광산 이씨로 광산군 30세손이다.

사인암*

문희공 숱한 이력 고서처럼 쌓아두고
임금님 얼굴 붉힌 지부상소 끼워놓고
늙음도 비껴간 천년송 절벽 위서 지키네

바위에 새긴 시구 청백리 탁이불군卓爾不群
퇴계가 경배한 성리학의 우탁 선생
남조천 선유하시며 시문학을 논하네

시공을 초월하여 현대인도 공감하는
탄로가 절창이며 시조의 시원이다
조선조 청구영언에 기록된 정형시다.

* 사인암은 충북 단양군에 있는 기암으로 고려 때 유학자인 역동 우탁 선생의 행적 때문에 이름이 지어졌다. 단양팔경 중 하나며 명승지다.
■ 이 시조는 본인이 제10회 역동시조문학상 동상을 받으며 지은 것이다.

박비 朴婢[*]

단종 복위 운동 들켜 사육신은 거열형에
역적이 된 박팽년의 만삭의 둘째 자부
이 씨는 친정에서 아들 순산 여종 자식과 바꿨다

아들이면 죽이고 딸이면 종이 된다
다행히 임신한 한 여종은 딸을 순산
일엽청 사육신 중에 한 가문만 푸르렀다.

* 사육신 박팽년의 둘째 아들의 유복자 박일산.
■ 나의 남편은 순천 박씨 충정공 취금헌(박팽년) 18대손이다. 박준
규 전 국회의장도 취금헌 18대손이다. 시아버님과 박준규 씨는 이종
사촌이다. 두 분의 어머님은 (파평 윤씨) 자매간이고, 자매가 순천 박
씨인 각각의 집안으로 시집왔다. 박준규 씨와 시아버님은 모계로는
시아버님이 이종사촌 형이지만 순천 박씨 항렬로는 아저씨뻘이다.

두문동 72현*

만수산을 다 태워도 두문불출 고려 유신

죽음을 불사한 절의의 불사이군不事二君

세세 년 두문동 칠십이현 수절불이守節不貳 어찌 잊

으랴.

* 이성계의 역성혁명으로 고려가 멸망하고 왕이 죽자 고려의 선비 72명과 무신 48명은 조선의 벼슬을 거부하고 부조현 고개에서 만나 조복(조선 관복)을 벗어 던지고 헌 갓을 쓰고 만수산 두문동 골짜기에 들어갔다. 이성계가 벼슬을 준다고 산에 불을 질러도 불사이군이라며 두문불출하고 한 명도 나오지 않아 모두 불타 죽었다. 단종 때 사육신에 버금가는 충신열사의 절개다.

부록 2

이태순 시조 노래
(이태순 작사, 송택동 작곡)

■ 악보 상단의 QR코드를 스캔하면 음악이 나옵니다.

구례 산수유축제

承谷 이태순 작사
송택동 작곡

♩ = 80

성 — 진 강 젖 줄 기 에
지 — 리 산 자 락 에
봄 바 람 강 물 타 고
꽃 담 길 에 취 해 간 다
노 랑 꽃 산 수 유 축 제
사 람 잔 치 열 렸 네
노 랑 꽃 산 수 유 축 제
사 람 잔 치 열 렸 네

161

달님

이태순 작사
송택동 작곡

162

처음처럼

이태순 작사
송택동 작곡

♩=85

수—묵화 물감으로 내인생을 그려보네

살—아 온 아픈기억 다—지울수 있다면야

물—감에 품당 빠—져서 뼛속까지 물들겠다

눈이와 삼라만상 하얗게 뒤덮여서

눈오면 수묵화를 비오면 물장구를

내—인생 첫발자국 수묵화로 그—리면서

바람불면 흔들리고 세상사— 자연스럽게

cresc.

언—제나그냥 그—대로 처음처럼 살고싶다

아—축—복— 언—제나 변치않고 살고싶다

rit....

Fine

D.S. al Coda

* 누구든지 처음처럼 순수하고
어린 아이처럼 티 없다면
얼마나 좋은 세상일까
초심을 잃지 말아야겠다.

목란/채현병

타임 캡슐을 타고서

이태순 작사
송택동 작곡

말라라 말라라라 말라라 말라라라 봉숭아꽃물 들이는

살평상위에서 그 옛날 단발머리 소녀가 웃고있네

추억에 타임캡슐 타고서 고향으로가보자 수탉이 홰를치면

임탉은 알을낳고 병아리 삐약삐약 엄마따라 종종종

농막에 졸던 누렁이 하품하는 한나절 개나리 산수유꽃

만발한 고향동네 물놀이 하다와서

샘물로 등목하고 우물속 수박 꺼내먹고 온몸이 얼음된다

164